AF475886

ROME,

POÈME

DE

M. GUILLAUME DE HUMBOLDT

TRADUIT DE L'ALLEMAND;

PAR J. G. SCHWEIGHAEUSER.

PARIS,

DE L'IMPRIMERIE DE J. B. SAJOU,
Rue de la Harpe, n.° 11.

1808.

Extrait du Magasin Encyclopédique, Journal pour lequel on s'abonne chez TOURNEISEN fils, libraire, rue de Seine, n.° 12.

ROME,

Poème de M. Guillaume de Humboldt.

L'imagination aime à errer autour des ruines. La poésie orne quelquefois le présent de ses vives couleurs, mais l'avenir et le passé sont ses domaines chéris; elle se plaît à donner une vie aérienne à ce qui n'existe plus, et son vol le plus élevé plane sur la destinée des empires et du genre humain. Une religion détruite, ou dont la croyance s'est affoiblie, devient toute poétique, et des monumens qui autrefois n'inspiroient que la terreur ou une froide admiration, deviennent le sujet des chants et une utile leçon pour les hommes, lorsqu'ils sont couverts de mousse et fendus par les racines du pin solitaire.

Le nom de Rome est depuis longtemps aussi cher aux arts et à la méditation qu'il fut autrefois formidable aux peuples, et, dans la suite, auguste pour les ames religieuses. Nous avons vû paroître récemment un Voyage où une femme célèbre par son esprit a peint, avec autant de sensibilité que d'imagination, tout ce qu'inspire cette ville et le pays qui la renferme. Un autre voyageur, dont le talent a eu aussi d'éclatans succès, n'avoit cherché qu'à orner des fleurs de l'esprit les merveilles de l'art et les beautés de la nature qu'on y rencontre à chaque pas. Un homme d'un esprit flexible et souvent fort piquant (1) s'est plu à les rabaisser, en se refusant obstinément à l'admiration et au charme des souvenirs, qui selon lui avoient séduit l'imagination et la sensibilité des autres voyageurs.

Les Allemands n'ont jamais essayé sur l'Italie ce genre de tour de force. Habitant un pays nouveau et moins favorisé par la nature, ils ont préféré s'exalter encore, s'il est possible, les avantages d'un voyage et d'un séjour dans une région si différente de la leur, où, comme disoit le spirituel et savant HERDER, l'ame se rajeunit à tout âge, et ne cesse de trouver des alimens nouveaux pour ses sentimens les plus chers et ses facultés les plus élevées. GOETHE a peint en mille vers heureux les souvenirs variés et intimes que lui a laissés l'Italie, et a fondé l'un des plus touchans épisodes d'un de ses ouvrages les plus originaux (2) sur l'intérêt passionné qu'inspire ce pays à un enfant qui en a été enlevé dans ses premières années. MATTHISON, l'un des

(1) M. CREUZÉ DELESSER, dans un *Voyage d'Italie* qui a paru il y a quelques années.

(2) Le *Roman de Guillaume Meister*, qui n'est connu en France que par une traduction imparfaite et tronquée.

poètes les plus harmonieux de l'Allemagne, a célébré les charmes de Rome par des stances mélodieuses que dans sa patrie tout le monde sait par cœur. A. W. SCHLEGEL a adressé à Madame de Staël une élégie sur cette ville, où surtout l'antique puissance qu'elle a conquise et les efforts héroïques par lesquels elle s'est élevée seule au dessus de toutes les autres nations, sont mis en contraste avec son état actuel de la manière la plus poétique.

M. *Guillaume* DE HUMBOLDT, frère aîné du célèbre voyageur, et aussi connu en Allemagne par ses études approfondies des langues et de l'histoire anciennes, jointes à une grande connoissance de toutes les littératures modernes et à un talent de style fort distingué, qu'il l'est en France des personnes qui ont joui de sa société, par son esprit et ses manières nobles et aimables, a cherché dans le poème dont nous allons faire l'analyse, à réunir les différens points de vue sous lesquels on peut considérer Rome ancienne et moderne, et à apprécier surtout les services que la première a rendus à la culture de l'esprit humain, en les comparant, dans un épisode ingénieux, à ce que nous devons sous le même rapport à la Grèce.

Il commence par une prosopopée très-poétique adressée au fleuve sur lequel est bâtie la ville éternelle.

« Tibre qui roules tes vagues orgueilleuses, « te souviens-tu de ces temps reculés où la « magnificence du Capitole ne s'élevoit pas « encore dans les airs, balancée sur ses ar- « ceaux aériens; où le nom de Rome, cou- « vert encore de l'antique nuit, n'étoit pas « consacré à la voix de la postérité? Revien- « dra-t-il jamais des ténèbres qui l'englou- « tiront de nouveau; un jour luira-t-il où « ce nom ne résonnera pour aucune oreille?

« Non, aussi longtemps que le pays étroit, « entouré par la mer, qui vit jadis l'aïeul « des Dieux séjourner sur ses bords et y fon- « der des empires d'or, quelle que soit la « course rapide du temps, la ville des sept « collines sera toujours nommée, elle fut « appelée éternelle par les temps qui ne sont « plus, sa renommée vivra à jamais dans la « postérité.

« Quand même les flots des abymes, par une « révolte destructrice, s'éleveroient du fond « des mers, quand tous les volcans, aujour- « d'hui assoupis, vomiroient des flammes de « leurs gouffres entourés de fumée; quand, « par de doubles efforts, cette catastrophe « inouie engloutiroit tout le pays dans les « ondes, et que la vague tremblante se ba- « lanceroit là où aujourd'hui la vigne en- « toure l'orme de ses guirlandes; toujours le « navigateur, passant sur ces lieux si chan-

« gés écouteroit avec admiration et s'écrie-
« roit: Entendez-vous amis la vague réson-
« ner avec plus d'orgueil, ici elle mur-
« mure sur le bois sacré de Romulus. La
« terre et la mer peuvent bien changer de
« place, mais jamais le nom de Rome ne
« peut être détruit : ce ne sont pas seule-
« ment de froids monumens qui le trans-
« mettent à la postérité, non il est gravé à
« jamais dans le cœur des hommes.

« Lorsqu'Enée vint vers la cabane d'Evandre,
« traînant à sa suite le fardeau d'une guerre
« sanglante, et que le héros reçut son nou-
« vel hôte au milieu de ses autels et de ses
« tables dressées pour consommer les victimes,
« déja leurs pas traversoient des ruines qu'a-
« voient saisies la main formidable du temps. »
« Phrygien, regarde ces tours désertes; ici étoit
« la citadelle de Janus, là celle de Saturne. »
« Ainsi dit le vieillard d'Arcadie et il satisfit la
« curiosité de son ami, sans pressentir quels
« ouvrages superbes étoient encore couverts
« du voile de la nuit, quels creneaux, quels
« murs merveilleux s'éléveroient un jour du
« sein de l'avenir là où de joyeux troupeaux
« mugissoient.

« Hélas, ceux qui alors ne s'abreuvoient
« pas encore de lumière sont aujourd'hui de
« nouveau ensevelis dans la destruction; et
« lorsqu'un jour, après le cours de longues

« années, le voyageur portera ici ses pas, il
« versera peut-être des larmes sur des ruines
« désertes dans ce même lieu où aujourd'hui
« une foule innombrable se presse comme
« les vagues de la mer, lorsque le prince des
« pontifes accorde avec bonté sa bénédiction
« pleine de grâce. Ce dôme qui se réjouit au-
« jourd'hui de s'approcher de l'Ether, sera
« peut-être alors dispersé dans la poussière.

« Ville des ruines, asile des ames pieuses,
« tu sembles n'être qu'une image du passé; tes
« citoyens ressemblent à des pélerins qui ne
« seroient venus que pour admirer ta magni-
« ficence (3), car le temps tout puissant t'a
« choisie entre toutes les villes pour être son
« trône éternel. Jupiter a couronné tes collines
« de puissance afin que tu réfléchisses, comme
« dans une glace magique, toutes les destinées
« des humains.

« Souvent assis au haut du Mont Aventin
« où se retrécit la route d'Ostie, je te re-
« gardois, ô Tibre, rouler tes vagues sous l'an-
« tique demeure de Cacus, vers la mer
« Tyrrhénienne, comme le fer fondu par la
« chaleur des fourneaux coule jaunâtre, len-
« tement et pesamment, ainsi tu roules sérieu-
« sement et solennellement tes flots, qui rem-

(3) Une partie de cette strophe a été citée par Madame de Staël.

« plissent le cœur d'une mélancolie profonde.
« Le regard voilé de larmes suit fixement
« ton cours, et, lorsque tu l'as conduit vers le
« lointain le plus reculé, il retourne avec le
« même recueillement. Ce sombre cours des
« flots représente vivement le destin le plus
« intime de l'humanité ; lorsque la joie ou le
« chagrin gonflent le cœur de l'homme, ses
« sentimens sont-ils autre chose qu'un sombre
« balancement de vagues ?

Le ravissement de la joie s'écoule rapide-
« ment, la douleur et le chagrin s'adoucissent
« par le temps, l'image la plus chérie vacille
« et pâlit lorsque les années la reculent dans
« l'éloignement. Un changement éternel se
« balance devant nos yeux, et, avant que la
« satisfaction n'ait calmé nos desirs les plus
« intimes, le tombeau engloutit tous nos sen-
« timens discordans dans un silence sem-
« blable au midi brûlant de l'été. C'est ainsi
« qu'entourés de solitude et de chagrin les
« champs de Rome paroissent comme à tra-
« vers un léger voile de deuil. La ruine y
« élève ses douleurs silencieuses à côté de la
« ruine. Des tombes de mille formes variées,
« où respire le soufle du passé, effrayent
« par leur silence l'oreille étonnée du voyageur
« et fêtent le pouvoir inévitable et obscur
« du Tartare. La main de la destruction règne
« depuis les montagnes bleuâtres du pays des

« Sabins jusqu'au lieu où s'agite la vague « de la mer. Partout la mélancolie a établi son empire et murmure mille plaintes « muettes.

« Cette campagne enchantée pénètre l'ame « d'un charme irrésistible. Le regard voudroit rester toujours fixe sur cette cime « silencieuse d'Albe où le Latium imploroit, « par des chants solennels, le Maître du tonnerre; ou bien s'élancer vers les hauteurs « lumineuses de Soracte et retourner ensuite « par le bois sacré du Tibre. L'homme sensible contiendroit volontiers tous ses vagues « desirs dans cet espace borné. Car dans les « limites de cette étroite enceinte est renfermé le contenu d'une moitié du monde. « C'est ainsi que souvent toute la vie d'un « homme se représente dans une seule pensée « fugitive. Des trônes de peuples éloignés « tombèrent ici, brisés contre la puissance « d'airain de Rome; ici fut assise la maîtresse « des nations, couronnée des fleurs des zônes « les plus reculées.

« Cependant l'ame se détourne volontiers, « comme de la splendeur du soleil vers celle « de Diane, de l'épée sanglante et de la lance « avide de combats de cette héroïne, vers « celle qui, mourante de chagrin, privée « de ces couronnes, est assise sur ses foyers « renversés, et dont toutes les richesses or-

« nèrent la dominatrice des mondes. Malheu-
« reuse Grèce ne t'abandonne pas à la tris-
« tesse, élève ton ame vers les Dieux qui
« l'ont si souvent inspirée. Lorsque ta rivale
« brille au milieu de ses édifices superbes,
« lorsqu'armée de la vigueur de Mars, elle
« ne cessa de détruire des villes, tu as obte-
« nu des dons plus élevés et plus précieux,
« toi seule tu chantas dans le chœur divin
« des Muses, tu domines seule dans les cœurs
« des humains.

« Sur les bords serpentans de l'Ilissus, où
« de verts platanes modéroient les rayons
« brûlans du midi, des liens plus doux
« conduisoient à travers la vallée sombre de
« cette vie. La sagesse s'y mêloit aux festins
« de la joie revêtue de la robe magique de
« la poésie; et l'amitié, pour s'enflammer
« d'une plus haute inspiration, se confondoit
« intimement avec les charmes de l'amour.

« Lorsque les hordes féroces des Perses
« menaçoient tes campagnes, le courage de
« chaque grec brûloit d'une flamme sacrée,
« et, se rassemblant de toutes leurs côtes, ils
« sacrifioient avec joie leur sang à la liberté.
« Les bords de Salamine, couverts de débris
« et de morts, peuvent témoigner que les
« Grecs surent résister au joug. Mais lors-
« qu'ils immoloient les victimes de la paix,
« les armes abandonnées se rouilloient. Pré-

« parer les fers de la servitude à l'univers
« soumis n'est point ce qui charme les cœurs
« des Hellénes. Vous combattiez avec ardeur
« pour les dieux de votre patrie, mais lors-
« que ces Dieux étoient ornés des couronnes
« de la liberté, vous vous plaisiez à jouir
« de leur présence, à ne leur donner que le
« spectacle de vos danses et de vos champs.
« Vous saviez vous pénétrer de cet esprit divin
« qui remplit le ciel et la terre, élever vos
« ames par la jouissance intime du beau, et
« le représenter en mille formes ravissantes.
« C'est alors que résonnèrent ces hymnes qui
« nous transportent encore, et que naquirent
« ces ouvrages admirables que le pouvoir du
« temps n'a pu effacer. Ils nous ont con-
« servé la forme primitive du beau, et leur
« charme magique dans lequel la nature hu-
« maine se confond avec la majesté divine,
« nous remplit encore d'une admiration in-
« time.

« L'esprit, ainsi fertilisé par la rosée du
« beau, ravi ainsi par le pouvoir d'une vé-
« ritable grandeur, s'élevoit vers ces Dieux
« qui avoient avec les hommes une origine
« commune ; et, redescendu sur la terre, il
« pénétra plus avant dans le secret des des-
« tinées des humains. Jamais on n'a vu aussi
« clairement comment la colère des Eumé-
« nides veille sur le crime, comment la vie

« humaine erre et chancelle, semblable à un « rêve en plein jour.

« Ah sublimes plaintes! accens déchirans « des chœurs, chantez vos propres infortunes, « car la fureur des barbares n'a laissé de « vous que des traces fugitives. Argos pleur « ainsi que les champs de Mycène. Les flot « agités de l'Aulide sont déserts; des orage « terribles de la destruction ont ravagé l « lieux ravissans où reposèrent autrefois le « Dieux, enseignant l'humanité aux mortels « Ainsi se fanent les fleurs les plus tendr « de la vie, comme les doux sons de la lyr « se perdent dans les airs.

« Il ne vous fut pas donné de fonder c « qui dure à travers les âges reculés. L « héros même devant lequel trembla l'Ind « asservie pouvoit à la vérité enflammer de « mondes par les rayons de sa gloire, mais l'em « pire que fonda péniblement son courage « disparut le même jour. Comme ce Diet « traîné par les tigres, le vainqueur énivr « s'avança rapidement et disparut.

« La grandeur de Rome ne fut pas un do « libre des Dieux, elle étoit le fruit d'u « combat plus opiniâtre que celui d'Hercul « contre le monstre dont les têtes renaissoien « sans cesse. Pour élever un édifice solide e « destiné à braver et le temps et le sort, il n « faut jamais se lasser de frapper sur la ma

« tière commune, et sentir les facultés les « plus intimes de son ame plus analogues à la « poussière terrestre. C'est ainsi que le chêne « enfonce profondément ses racines dans les « abîmes, quand il abreuve ses branches dans « l'Ether.

« L'audacieux Prométhée puisa dans le « ciel la source de ce feu sublime qui nous « anime encore; mais la matière dans laquelle « il le renferma étoit de la poussière, et dans « chaque entreprise humaine le dessein cé- « leste devient la proie de la terre. Pour durer « il faut que le résultat aérien de nos forces « se rattache à la nuit du sol vulgaire.

« Homère n'eût jamais chanté pour nous, si « Rome n'avoit pas subjugué l'Univers. Si « Titus n'avoit pas orné ses vastes palais des « débris de mille victoires, nous n'aurions « jamais connu ce père infortuné qui attache « notre ame à ses souffrances, lorsque les « serpens l'enlacent et l'immolent avec ses « enfans. Tout ce que nous savons de l'an- « tiquité fabuleuse, tout ce qui nous a été « transmis sur le sort réel des hommes se rat- « tache au nom orgueilleux de Rome; la « destinée de son empire ressemble au ma- « jestueux Atlas qui cache sa tête dans les « nuages, et pèse avec ses racines sur de « vastes terres et sur l'immense Océan. »

Le poète résume ensuite avec autant d'imagination que de vérité, les circonstances les plus importantes de l'histoire de Rome, et de ces guerres toujours nouvelles, de ces efforts inouis par lesquels ce peuple infatigable, parvint à exercer une influence si majeure sur la destinée de tout le genre humain. Il y fait entrer très-heureusement le discours par lequel Camille détourne les Romains du projet de transporter après la ruine de Rome par les Gaulois, le siége de leur empire à Veies, et l'espèce d'oracle d'après lequel on se décida définitivement à rester fidèle aux lieux qui avoient déja servi de centre à tant de victoires.

« Ce lieu, continue-t-il, fut depuis ce temps « comblé de tous les dons de la Divinité. Il « semble que le soleil ne dirige son char au « haut des airs que pour abreuver Rome de « sa splendeur. Partout où pénétra la flamme « sacrée de l'humanité, tous les esprits se tour- « nent avec admiration vers la ville des villes.

« Car, lorsque son premier empire fut « écroulé, une nouvelle puissance s'y éleva « vers les cieux. Celle qui autrefois ne s'a- « vançoit qu'à travers les combats et le sang, « règne aujourd'hui sans épée et sans lance. « Une charité céleste y ramena les peuples, « la palme fleurit à la place du laurier. L'an- « cienne Rome avoit répandu partout la mort « et la servitude. Rome moderne reconquit « l'Univers par ses bénédictions.

« A la vérité les rayons de cette nouvelle « splendeur s'affoiblissent aussi; tout ce que « la terre a vu de grand, tombe un jour devant « les coups inévitables du destin, est emporté « dans la rotation des pôles. C'est ainsi que « le soleil lui-même cède sa place à la nuit; « mais il se relève plus brillant chaque ma- « tin, et l'empire du génie ne fait aussi que s'é- « clipser. Il laisse dans le sein des hommes « des racines impérissables, il renaît souvent « de ses cendres et vit du moins à jamais dans « le souvenir.

« Les ouvrages de Rome pénètrent toujours « l'ame d'une admiration fertile, et ne cessent « d'y faire naître des sentimens élevés et des « réflexions profondes sur le sort de l'huma- « nité. Une vie intime, une flamme sacrée sur- « vivent à toutes les révolutions de l'Univers. « Celui même duquel dérive toute vie, ne « jouit de son éternité, qu'en donnant sans « cesse le jour à des créations nouvelles. « L'homme est destiné à produire toujours ce « qui est grand; son être tend incessamment « vers le ciel sa patrie; il fait toujours renaître « la vie de la mort; mais la vie qu'il a pro- « duite retourne de nouveau à la mort, la « grandeur qu'il élève se plie au temps dans « le sein duquel se développent de nouveaux « résultats plus grands encore. Le même feu « qui anime son sein pénètre aussi les Mondes,

« et les roule dans leurs orbites constantes ; « aucune éternité n'épuise ce fleuve lumi« neux. Ainsi se forme une chaîne infinie, « où le beau détruit est remplacé par le beau « naissant, la flamme éteinte par une flamme « nouvelle, plus belle et plus brillante.

« Perdu dans ces réflexions, l'esprit voit ces « débris pardonner aux mains des barbares « qui les ont mutilés, et se plier volontiers aux « usages grossiers auxquels les destinent sou« vent les habitans. Il voit le génie de l'hu« manité suspendu sur ces ruines. Il voit les « cimes de ces collines environnées comme le « front d'un héros couronné de lauriers, de « tout ce que les hommes ont jamais produit « de sublime et de beau. Il y voit l'empreinte « terrestre d'une grandeur idéale et impé« rissable ; il aime à écouter leurs muettes « leçons, il y trouve une inspiration puis« sante et durable, et finit par planer lui« même sur les destinées du Monde comme « sur un océan vaste et lumineux. »

Telles sont les principales idées de ce poème, dont j'ai été forcé de beaucoup abréger la fin. Une poésie élevée, une diction brillante ont permis à l'auteur des développemens et des images auxquelles ma prose auroit fait perdre leurs principaux charmes. Les amateurs de la poésie germanique liront sans doute avec une vive jouissance cette production, aussi riche d'idées et d'imagination que de sentiment, et qui peut être placée à côté des plus beaux morceaux de Schiller, par lesquels la langue allemande a acquis tant de splendeur, d'harmonie et de pureté.

J. G. Schweighaeuser.

www.ingramcontent.com/pod-product-compliance
Ingram Content Group UK Ltd.
Pitfield, Milton Keynes, MK11 3LW, UK
UKHW020458220726
13923UKWH00006B/2622